かわいいだけがウサギじゃない

～むかしばなしのウサギたち

福井 栄一 著

技報堂出版

＊ はじめに ＊

お調子者で、どこか憎めないウサギ。
そんなウサギたちが大活躍するむかしばなしを集めました。
『ウサギとカメ』、『因幡《いなば》の白ウサギ』、『かちかち山』の3話です。
えっ？ そんな話、どれも知ってるって？
いやいや、早合点《はやがてん》は禁物です。
それぞれの話には、意外な後日談があるんですよ。
さあて、どんな話かな？ それは、読んでのお楽しみ！

＊目次＊

第1章：ウサギとカメ

1. ウサギとカメ（原話）

懐《なつ》かしい『ウサギとカメ』のおはなし、憶《おぼ》えておられますか？


ある野原で、ウサギとカメが出会いました。

ウサギがカメに言いました。

「やあ、なにをやってるんだね？」

「見てのとおり、おさんぽさ」

と答えるカメ。

これを聞いたウサギが、ケラケラ笑いながら、言いました。

「『さんぽ』だって？　おまえさんの歩くのがあんまり遅いから、おれはてっきり、道の真ん中でうずくまって、居眠りしてるのかと思ったよ。」

カメは、むっとしながら、

「おれだって、急いでいる時にゃぁ、もっと速いんだぜ」

と言いかえしました。

するとウサギが、馬鹿にしたような目つきで、言いました。

「へ～え、そりゃぁ、お見それしました・・・。

なぁ、カメさんよ。おまえさん、自分の足にそんなに自信があるんなら、どうだい、おれさまとどっちが足が速いか、競走しないか？」

もとよりかなうはずもないので

すが、頭に血がのぼっていたカメは、つい、

「よし、わかった。やってやろうじゃないか」

と、ウサギの挑戦を受けてしまいました。

ウサギは、

「そうこなくっちゃ！ それなら、明日の朝、向こうの丘のふもとまで来てくれ。丘のてっぺんまで競走だ。いいな、遅れるなよ！」

と言い残すと、ピョンピョン跳ねながら、あっという間に、森の中へ消えて行きました。

あとに残されたカメはさんざん後悔しましたが、時すでに遅し。いまさら競走を止《や》めると言い出したら、いい笑い者です。カメは、憂鬱《ゆううつ》な気分のまま、家へ帰ると、食事もそこそこに寝てしまいました。

さて、あくる朝。

カメがとぼとぼと丘のふもとまで行きますと、あたりは森の動物たちでいっぱ

いでした。きっとウサギが、自分の勝利を見せつけるために、呼び集めたのでしょう。

やがて、審判役のクマがのそのそ現れて、ウサギとカメの足の前に線を引きました。二匹の用意が出来たのを確認すると、クマが大声で号令をかけました。

「位置について！　よぉ～い、ドン！」

いよいよ競走のはじまりです。

ウサギは、ぴょーん、ぴょーんと大きく跳ねて、坂道をずんずん登って行きます。

一方、カメも懸命に足を動かして登りますが、道はちっともはかどりません。

そのうちに、ウサギはどんどん進み、ふもとから見える姿はどんどん小さくなっていきました。

ふもとの動物たちはこのようすを見て、

「ウサギが勝つだろうとは思っていたが、これほどの差がつくとは・・・。

カメのやつ、本当にのろまだなあ」

とあきれ顔でした。

さて、坂を登る途中のウサギは、何度かうしろを振り返りました。しかし、カメの姿はまったく見えません。鼻歌まじりで進みますと、やがて向こうの方に、目的地である頂上が見えてきました。ウサギの完勝を見届けようと、大勢の動物たちが集まっているのも目に入りました。

これを見て、ウサギは考えました。

「このままあそこまで進めば、勝ちは勝ちだが、どうも簡単すぎて、面白味《おもしろみ》がない。大勢の前であのカメのやつに大恥をかかせてやらないと、おれさまの気が済まんぞ・・・。そ、そうだ！ 頂上の少し手前で、いったんあいつに追いつかれるふりをして、そこから一気に抜き去って勝利をおさめてやろう。フフフ、カメのくやしがる顔が目に見えるようだ。」

そこでウサギは、道の脇の大木の蔭《かげ》へ入り、カメの来るのを待ちました。

ところが・・・。

ウサギが待てど暮らせど、カメの姿は一向に見えてこないのです。

本人がどんなに一生懸命でも、カメはカメ。例の調子で、ノロノロとしか進めないのですから、無理もありません。

待ちくたびれたウサギは、

「どぉれ、いまのうちに、ひと休みしておくかあ」

とつぶやきながら、木蔭《こかげ》の草の上に寝転《ねころ》がりました。

あたりに涼やかな風がわたり、ウサギの顔や身体を心地よくなでて

くれます。坂道を大急ぎで登ってきた疲れもあって、やがてウサギは、ついウトウトと眠りこんでしまったのでした。

さて、カメの方は、そんなことなどつゆ知らず、汗をかきかき登り続け、ようやく頂上の見えるあたりまでやって来ました。むこうでは、大勢の動物たちがなにやら叫んでいます。

カメはそうした様子を見て、

「ウサギは、いまごろ、頂上で鼻高々だろう。見物のみんなが騒いで

いるようだけど、どうせおれの足が遅いのを馬鹿にしているんだろう」
とうなだれましたが、いまさら引き返すわけにもいかず、疲れた身体に鞭《むち》打って、残りの道を歩き通し、やっとのことで、頂上へたどり着きました。

動物たちは、拍手するやら、カメの甲羅《こうら》をたたくやら、胴上げするやら、大騒ぎ。わけを聞きますと、

「ウサギはまだやって来てないんだよ。おまえさんの勝ちさ！」

カメが甲羅を震わせて喜んだことは、言うまでもありません。

一方のウサギは、遠くで沸き上がる人々の歓声のこだまで、ようやく居眠りから醒めました。

「ややっ、寝過ごしてしまった！」

と、全速力で頂上まで駆け上がりましたが、後の祭り。ウサギは、両耳を折ってうなだれるほか、ありませんでした。

2. 再挑戦するウサギ

カメを見くびって思わぬ不覚をとったウサギは、それからというもの、ほかの動物たちから「居眠りウサギ」とあだ名をつけられ、さんざん馬鹿にされました。

そればかりか、仲間のウサギたちからも、

「おまえは、ウサギ族の恥さらしだ」

とあきれられ、ろくに口もきいてもらえない始末。

復讐心《ふくしゅうしん》に燃えるウサギは、ある日、例のカメに、

「もう一度、おれと競走しないか」

と持ちかけました。

カメの家族や友だちは、

「前回は、運よく勝てたけれども、今度は、そううまくはいかないだろう。や

めておいた方がよい」

と止めました。

しかし、カメは、そうした反対をおしきって、挑戦を受けました。というのも、あの勝負の日以来、ウサギが、

「あいつが勝てたのは、実力ではなく運のおかげさ」

とあちこちで言いふらしているのが、許せなかったからでした。

カメは言いました。

「例の丘の頂上からふもとまで、どちらが先に下《くだ》って行けるか。それが今度の勝負だ。明日の朝、頂上まで来るがいい」

ウサギは、

「ああ、望むところだ。因縁のあの丘で、今度という今度は、おまえさんに勝ってやるぜ」

と言い残して、去って行きました。

さて、いよいよ勝負の日の朝。

前回と同じように、大勢の観客が見守る中、審判のクマが号令をかけて、二匹の勝負が始まりました。

「前の勝負では、途中で居眠りをしたから、負けちまった。今回は、居眠りはもちろん、よそ見すらせず、一気にふもとまで駆け抜けて、おれを馬鹿にしやがったカメやほかの動物連中をあっと言わせてやる！」

こうした熱い想いを身体じゅうにたぎらせていたウサギは、クマの合図を聞くやいなや、矢のように坂道を下りて行きました。

一方、カメはいつもの調子で、一歩一歩、そろりそろりと進みます。

見る見る小さくなっていくウサギの後ろ姿を見ながら、見物人たちは、

「今回はさすがに、ウサギの勝ちだろうなあ」

と言いあっていました。

ウサギは、相変わらず、ものすごい速さで坂道を進んでいきます。

ところが・・・。

ウサギには、またも油断がありました。

道が下り坂であることを計算に入れていなかったのです。

ウサギは、生まれついて前足が短く、後足が長く強いのです。

したがって、からだの構造からして、上り坂には適していますが、下り坂には向いていないのです。

にもかかわらず、カメに負けまいとして、下り坂で必要以上に力《りき》んで駆けたものですから、体重を短い前

足では支えきれず、すってんころりん。坂の途中で転倒して、はずみで脇の木の幹に激突。ウサギは、

「ウーム・・・」

とうなるや、草むらに倒れこんで、気絶してしまいました。

他方、カメは、

「今度こそ、おれの負けだろう。まあ、仕方ない。とにもかくにも、最後まで歩き通そう。」

と腹をくくって、歩みを進めました。

やがて、ふもとまでやって来ま

すと、動物たちが小躍《こおど》りしながら、カメをとり囲みます。

そうです、またしても、カメが勝ったのです！

この一件以来、ウサギは下り坂を見ると、身震《みぶる》いしながら避けて通るようになったそうです。

おわり

第2章：因幡《いなば》の白ウサギ

1. 因幡の白ウサギ（原話）

教科書にも載っていた『因幡の白ウサギ』のおはなしは、おおかたこんな内容でした。

因幡の国の沖合には、隠岐島《おきのしま》が浮かんでいます。

むかし、この隠岐島に一匹のウサギが住んでいました。

ウサギは、毎日のように丘の上へ登り、かなたに見える陸地をながめては、

「一度でいいから、海を渡って、あの土地を訪ねてみたいものだ」

と想いをはせていました。

ある日のこと。

ウサギは一計を案じて、波間をゆくサメに呼びかけました。

「お～い、サメさ～ん。あなたたちは、このあたりの海に、ぜんぶで何匹くらい、いるの？」

聞かれたサメは、

「さあ、たくさんのいるのはまちがいないけど、ぜんぶで何匹いるかなんて、考えたこともないね。」

すると、ウサギは、わざと、ひどく驚いたようすを見せて、こう言いました。

「ええっ？わからないの？そんなことじゃ、ダメだよ。だいいち、数がわからなけりゃ、ほかのいきものとの数くらべの時に困るんじゃない？」

サメは、とまどいながら、

「それもそうだな・・・。そんなら、どうやったら、おれたちの数がわかる？」

とたずねました。

すると、ウサギは言いました。

「じゃあ、こうしよう。いまから、仲間をみんな呼び集めて、この岸から向こうの陸地までならんでおくれよ。わたしがあなたたちの背の上を跳《と》び渡りながら数えるから・・・。」

サメはさっそく言われたとおりに仲間を呼び集め、波間に一列に並ばせました。そのようすは壮観で、隠岐島から因幡の浜まで、サメの橋がかかったようでした。

ウサギは、内心、

「しめしめ」

とほくそ笑みながら、サメの背中を渡りはじめました。

「一匹、二匹、三匹・・・」

ぴょん、ぴょん、ぴょん・・・。

「五十一、五十二、五十三・・・」

ぴょん、ぴょん、ぴょん・・・。

こんな調子で、ウサギは、何十、何百というサメの背を渡りつづけました。

やがて、夢にまで見た因幡の浜が見えてきました。ウサギの胸は高鳴りました。

ところが、あと二、三匹の背を渡れば、あこがれの岸へたどりつけるという段になって、ウサギは嬉しさのあまり、余計なことを口走ってしまったのです。

「やあれ、うまくいった。おまえさんたちも、ずいぶん、まぬけだなあ。数くらべなんて、うそさ。こうでもしないと、隠岐島からここまで渡れやしないからねえ・・・。」

このつぶやきを、サメたちは聴き逃《のが》しませんでした。サメたちは、背の上のウサギを海へひきずりこむと、みんなして、自慢の鋭い歯で、ウサギのふさふさした白い毛をこそぎ落とし、まるはだかにしました。

そして、ウサギを岸へ放り投げて、

「フン、いい気味だ。さあ、おまえのあこがれの地とやらで、まるはだかで、ゆっくり過ごすといいさ」

と言い捨てて、海中へ戻って行きました。

ウサギは、あまりの驚きと痛さのために立ちあがることもできず、浜辺に座りこんで、ひとりシクシクと泣いていました。

さて、しばらく経ちますと、その浜へ、大勢の神さまたちが通りかかりました。

彼らは旅の途中でした。ウサギを目にした彼らは、言いました。

「ややっ！おい、このブヨブヨした、赤いいきものは、一体、なんだ？」

「ん？どれどれ・・・。おいおい、こいつはウサギだぜ。だれかに白い毛をむしり取られたとみえる。なんてみっともない」

大笑いする神さまたちに、ウサギは訴えました。

「神さま、あわれなわたしをお助けください。どうすれば、もとの姿に戻れますか？　どうか、お教えください。」

すると、いじわるな神さまたちはたがいに顔を見あわせ、ウサギに気づかれないように目配《めくば》せをして、ニヤリと笑いました。

そして、中のひとりが、いかにもウサギを気遣《きづか》っているような口調で、こう言ったのです。

「よしよし、ここで我らに出喰《でく》わしたのも、なにかの縁だ。助けてやろう。いいか、よく聞けよ。もとの姿に戻りたければ、まず海の水をたっぷり浴びることだ。それから、

山の上へ昇って、風に吹かれながら、寝転んでいるとよい。そうすれば、たちまち、ふさふさの毛が生えてくるであろう。」

ウサギは何度もお礼を言いながら彼らを見送ると、さっそく、言われたとおり、海の水を浴び、山の上で風に吹かれてみました。

ところが・・・。

塩水がしみて、ヒリヒリするうえに、風に吹かれると肌が乾燥して引きつり、いっそう痛みが増します。

ウサギは悲鳴をあげながら、そこらを転げまわって苦しみました。

と、ちょうどそこへ、大きな荷物をかついだオオクニヌシという神さまが通りかかりました。彼は、さきほどの神さまたちとはちがって、心の清らかな、優しい神さまでした。

オオクニヌシが、

「おお、いったいどうしたのだ、ウサギよ。そんなあわれな姿になって・・・」

と声をかけますと、泣きじゃくっていたウサギは、懸命にわけを話しました。サメをだまして毛をむしられたこと、さきほど通りかかった神さまたちの言うとおりにしたら、かえって痛みが増してどうしようもなくなってしまったこと・・・。

そして、ウサギは、こうも言いました。

「もともとは、サメたちにうそをついたわたしがいけなかったです。最初から、本当のことを話して、対岸まで渡してくれるように頼めばよかったのです。」

これを聞いたオオクニヌシは、にっこり笑って、言いました。

「その通りだよ。ウサギよ、おまえ、いいところに気づいたな。よし、わたしがもと通りに治してあげよう。

まず、川へ行って、せせらぎの水でからだをきれいに洗いなさい。それから、蒲《がま》の花粉をそこらへふりまき、その上でころころと転がって、からだじゅうにまぶしなさい。そうすれば、じきによくなるぞ。」

そこで、ウサギがオオクニヌシの言いつけとおりにしてみますと、あら不思議。ウサギのからだに、もとのふさふさの毛が生えてきたではありませんか。ウサギは大喜びです。

「このご恩は、一生忘れません」

と頭を下げるウサギに見送られながら、オオクニヌシは去って行きました。

2. ウサギの恩返し

ウサギと別れ、なおも旅を続けたオオクニヌシは、途中、地の底の国へ立ち寄りました。

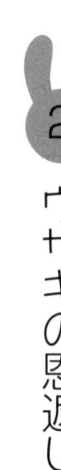

そこは、スサノオという力自慢のおそろしい神さまが支配する国でした。

スサノオの宮には、スセリヒメという姫君《ひめぎみ》がいました。スサノオは、自分の子孫の姫のことを、たいそうかわいがっていました。

オオクニヌシがようやく宮までたどり着き、門を叩いたとき、迎えに出てきたのが、このスセリヒメでした。

ふたりは、ひと目会うやいなや、たがいに深く惹《ひ》かれあうようになったのでした。

ところが、スサノオは、このオオクニヌシのことが、どうも気に喰いませんでした。男の神さまにしては、見かけも優しげで、スセリヒメ

の夫としてはふさわしくないように思えたのです。

やがて、スサノオの心に、おそろしい考えが浮かびました。

「スセリヒメの気持ちが完全にオオクニヌシへ傾いてしまわぬうちに、オオクニヌシをこの国から追い払うか、場合によっては殺してしまおう。」

そこで、スサノオは、ある朝、オオクニヌシを呼び出すと、目の前の野原へ一本の矢を射込みました。

矢は、うなりをあげて、遠くの草むらへ消えていきました。

スサノオは言いました。

「あの矢を取って来い。矢を見つけるまで、わしや姫のところへ戻って来ることは許さんぞ。」

オオクニヌシは、

「承知しました」

と言うが早いか、強風で草がうねり、のたうつ野原へ分け入って行きました。

背の高い草をかき分け、かき分け、どのくらい進んだでしょう。

パチパチ、ボウボウという異様な音に気づいて、オオクニヌシが振り返りますと、草むらには火の手があがっていました。 それも、背後だけではありません。

前にも左右にも・・・。

そして、火は折からの強風にあおられ、あっという間に、オオクニヌシをグルリと取り囲んだのです。火の輪は、じりじりとせばまってきます。絶体絶命です。

今度ばかりは、さすがのオオクニヌシも、

「もはや、これまでか・・・」

と観念して、立ちすくむばかりでした。

と、その時。

足もとで、キイキイと声がしました。

見れば、数匹のネズミが、なにかを伝えたげに、こう叫んでいます。

「うちは　ほらほら

そとは　すぶすぶ
うちは　ほらほら
そとは　すぶすぶ」
　これを聞いていたオオクニヌシは、はたと気づきました。
「おお、おまえたち、地の下に穴があると教えてくれているのだな。とすれば・・・。」
　オオクニヌシが、力いっぱい地面を足で踏むと、うまく穴の天井を踏み抜いたとみえて、オオクニヌシのからだは、ぱっくりと口を開けた大きな穴の中へ、すっぽりと落ち込み

ました。おかげで、火は頭上を燃え抜けていき、オオクニヌシは助かったのでした。

ほっと息をつくオオクニヌシ。

すると、足もとで、またしても、ネズミたちの鳴き声がします。見れば、ネズミたちが例の矢をくわえてきてくれていました。

じつは、このネズミたちは、かつてオオクニヌシが治してやった、あのウサギの友だちだったのです。

ウサギは、恩人であるオオクニヌシの命が危ないと知り、火の海へ飛び込んで助けようとしました。

ところが、ふさふさの白い毛にたちまち火が燃え移ってしまったため、進むに進めず、引き返すほかありませんでした。

そこで、草むらの外から、大声で友だちのネズミたちに頼んで、オオクニヌシに穴のことを伝えてもらったのでした。

えっ？ 毛が焼けてしまったウサギは、どうしたかって？

それなら、心配ご無用。

かつてオオクニヌシに教えてもらったとおり、蒲の花粉で手当てをしたので、またもと通りの毛なみに戻ったのです。

ともあれ、こうして、猛火を生き延び、約束の矢を持ち帰ったオオクニヌシを見て、さしものスサノオも彼のことを認め、のちには、スセリヒメを妻とすることを許してくれたそうです。

おわり

第3章：かちかち山

1. かちかち山（原話）

『かちかち山』のおはなしは、おなじみですよね。

ばあさんをタヌキに殺されたじいさんは、毎日泣いてばかり。それを見かねた頭の黒いウサギが、かたき討《う》ちをかってでます。

ウサギは、食い意地のはったタヌキを煎《い》り豆でさそいだし、それを食べさせてあげるかわりということで、柴《しば》を背負わせて、運んでもらいました。

そして、うしろでかちかちと火打ち石をうって、柴に火をつけました。そのうちに柴がぼうぼうと燃えだしたから、たまりません。タヌキは背中におやけどを負い、命からがら逃げていきました。

タヌキが巣穴の中でウンウンうなっていますと、ウサギがやってきて、やけどの薬だと偽って、みそにとうがらしをまぜたものを、きずに塗りたくりました。タヌキは、痛みで七転八倒しました。

しばらくして、やけどの傷がようやく治ったタヌキが巣穴から出てみますと、ウサギが楽しそうに舟をつくっています。

タヌキがうらやましがるので、ウサギは舟のつくりかたを教えてやりました。ただし、できあがったタヌキの舟は、泥の舟でした。

やがて、ウサギとタヌキは、いっ

しょに川へこぎだしました。当然、タヌキの泥舟は水に溶けて沈み、タヌキは水の中へ・・・。

すると、ウサギは舟の櫓《ろ》で、タヌキをたたき殺してしまいました。

こうしてウサギは、じいさんになり代わって、ばあさんのかたきをみごとに討ってくれたのでした。


ところが・・・。

じつは、これで「めでたし、めでたし」ではなかったのです。

では、かちかち山でのできごとにつづいて、どんな騒動がまきおこったのか。

ゆるゆるとおはなししていくことに致しましょう。

2. タヌキの息子

ウサギにたたき殺されたタヌキには、幼い子どもがいました。

この子ダヌキは、大人になると、まちかねていたように、父ダヌキのかたき討ちに乗りだしました。

ただ、かたきのウサギをさがし出そうと野や森をうろついていて、自分が猟師に撃たれて命を落としたら、元《もと》も子もありません。

そこで、タヌキは、種が島村《たねがしまむら》の宇津兵衛《うつべえ》という猟師の家をたずね、父親が殺されたいきさつを涙ながらに物語り、かたき討ちを手伝ってくれるように頼みました。

タヌキ「どうか、あの憎っくきウサギめを討つのに、お力をお貸しください。」

猟　師「お父《と》っつぁんのことは気の毒だとは思うが、だからといって、人間

のおれさまが、タヌキの
おまえさんのかたき討ち
の片棒をかつぐ義理は
ねえ。」

タヌキ　「そこをなんとかお願い
します。もちろん、タダ
で、とは申しません。」

猟師　「ほほう、タダじゃあねえ
とは、どういうことだ？
そこんとこの事情をじっ
くり聞こうじゃねえか。
この際、タヌキ（短気）
は損気だ。」

タヌキ
「はい。それならば、おはなし申しあげます。

じつは明日、かちかち山のとある場所で、化《ば》け仲間の寄りあいがございます。

ここには、キツネ、タヌキ、ムジナ、ネコマタなどが、みんな顔をそろえます。

わたしのかたき討ちを手伝うとお約束くださるならば、お礼にその寄りあいの時刻と場所をお教えしましょう。

そこで待ちぶせなされば、あなたさまは獲物《えもの》を撃ち放題、仕留《しと》め放題。大《おお》もうけができるはずです。日ごろから、われらタヌキ族になにかとたてつくキツネどもを、かたっぱしから撃ち果たしてください。

ただ、その際、くれぐれもタヌキの仲間たちをお撃ちにならないように。彼らは無傷のまま逃がしてやってください。」

猟師
「うーん、そうか。そういうことなら、はなしはべつだ。よし、おまえさんのために、ひと肌脱いでやろう。じゃあ、さっそく、その寄りあいの時刻と場所を教えてもらおうか。」

タヌキ　「それをわたしから聞きだしたとたんに、『やっぱり、気が変わった。手助けはやめにしよう』なんて、おっしゃらないでくださいよ。」

猟　師　「だいじょうぶ、だいじょうぶ。人間さまに、二言《にごん》はねえさ。」

タヌキ　「いえいえ、『うそをついたりだましたりすることにかけては、人間のほうが、キツネやタヌキの数段、上をゆくぞ。油断するなよ。』と、お父《と》っつぁんが生前、よく申しておりましたよ。」

猟　師　「こりゃあ、一本、とられた。はははは・・・。」

というわけで、この猟師、タヌキに教えてもらったとおりに、かの寄りあいを急襲しました。

そして、頭の白い親分キツネこそ撃ち損じましたが、手下のキツネたちをたくさん仕留めて、しこたまもうけました。

で、猟師はどうしたか。

もちろん、「カネさえもうけたら、こっちのもの。あとは知らぬ顔」という手もあったのですが、やはり人間としてのメンツを重んじたのでしょう。猟師は約束どおり、タヌキと行動をともにして、かたきのウサギを捜し求めることにしたのでした。

タヌキと猟師。世にも奇妙なとり合わせの誕生です。

かれらの噂は、またたく間に、かちかち山じゅうにひろまりました。

大きくて長い耳をもつウサギが、これを聞きのがすはずはありません。

身の危険を察知したウサギは、ひとまずかちかち山を離れて、江戸へ向かうことにしました。

三十六計、逃ぐるに如《し》かず。その逃げ足の速さたるや、文字どおり「脱兎《だっと》のごとし」でした。

もちろん、途中、切り株につまづいているひまも、なかったことでしょう。

3. 軽右衛門《かるえもん》の悩み

ところで、息子がいたのは、ウサギに殺されたタヌキばかりではありませんでした。

じいさんと、タヌキに殺されたばあさんの間にも、息子がいたのです。

ただ、この息子は、若いころ、評判の乱暴者《らんぼうもの》で手がつけられなかったので、腹にすえかねたじいさんは、息子との親子の縁を切ってしまっていました。

息子は、しかたなく江戸へ。

ここで暮らしぶりをあらためて、あるお屋敷に足軽《あしがる》として奉公し、足野《あしの》軽右衛門《かるえもん》と名のっていました。

ところで、このお屋敷にはおさない若君がおられました。

家臣たちは、若君がまだ疱瘡《ほうそう》にかかっておられなかったので、気をもんでいました。

といいますのも、疱瘡は、大人になってかかると症状が重くて命にかかわり、幼くしてかかっても、悪くすれば顔に一生あばたが残るという、やっかいな病気だったからです。

そのうち、「疱瘡をかるく済ませるためには、頭の黒いウサギの生き肝《いぎも》を呑ませるのがいちばん」と勧める者があったため、みんなは頭の黒いウサギを懸命に探しもとめました。

これを聞きつけた軽右衛門は、足軽の頭《かしら》に申しでました。

軽「わたしの在所《ざいしょ》には、たしか頭の黒いウサギが棲《す》んでおったはず。これから実家へたち帰り、そのウサギの生き肝を取ってまいろうと存じます。」

頭「なに？　おまえの在所に例のウサギがおると？　よおし、ならばさっそくに帰郷し、そのウサギの生き肝を取ってまいれ。

このことが成就《じょうじゅ》したあかつきには、おまえをさむらいの身分にとりたててやるぞ。」

おゆるしをもらった軽右衛門は、数年ぶりにわが家へ帰ってみました。

すると、どうでしょう。

父親が泣きながら言うには、母親はタヌキに殺されて、もはやこの世にいないとのこと。そして、父親に代わって母親のかたき討ちを果たしてくれたのは、なんと、頭の黒いウサギだったというのです。

軽右衛門は、思惑《おもわく》がはずれて、おおいに弱りました。

頭の黒いウサギの生き肝をたずさ

えて帰らなければ、さむらいにはなれません。

しかし、そうするためには、大恩のあるウサギを手にかけないといけなくなるのです。

いくら悩んでも考えても、いい知恵の浮かばなかった軽右衛門は、「こうなれば、神仏のお力にすがるほかあるまい」と思いいたり、とりあえず手ぶらのままで江戸へ引き返しました。

4. 妻の機転

一方、こちらは、かちかち山をあとにしたウサギ。

大川橋《おおかわばし》の土手にさしかかったところで、よりにもよって、自分をかたきとつけねらうタヌキと猟師に、ばったり出くわしてしまいました。

あわてて逃げこんだところが、ウナギ料理で有名な中田屋《なかたや》の店先。

主人の葛西太郎《かさいたろう》は、こまっている人を見ると助けずにはいられない性分《しょうぶん》でした。

ウサギ　「ゆえあって追われております。どうかお助けを・・・。」

葛西　「おお、そうかい、そりゃあ、大変だ。さ、さ、ここへ入って隠れな。」

ウサギは、指さされた鰻舟《うなぎぶね》（ウナギを入れておく水槽）の中へ身を潜め、主人は上から板でふたをしまし

た。そして板の上へどっかと座り、そ知らぬ顔で煙管《きせる》をすぱすぱ。

いれちがいにタヌキと猟師がどやどやと押しかけてきて、店の中をさがしまわったあげく、鰻舟に目をつけて、
タヌキ「あやしいから中を見せろ。」

ところが、主人は、胸もとに刀を突きつけられてもすこしもひるまず、かえってぐっとあごをそらし、
葛西「いいや、なにがあったって、おれはここを退《の》きゃあしねえぞ。

葛西太郎は、男でござぁる。」

と、お芝居のように大見得《おおみえ》をきりました。

びっくりしたのは、女房のお花《はな》です。このままでは、亭主の命があぶない。

とはいえ、相手は刀や鉄砲で武装したふたり連れ、こっちは女ひとり。まともに戦っても、勝ち目がない。

そこで、お花は使いなれた渋団扇《しぶうちわ》を手にとると、店頭で焼いていたウナギをぱ

たぱたあおぎ、粋な調子で、拍子よろしく唄いだしました。

「猟人《かりゅうど》浮かそ、
タヌキも浮かそ、
こんこん、ちきちき、
こんちきちき・・・」

それは、吉原のさわぎ唄である、
「キツネを浮かそ、
こんこん、ちきちき、
こんちきちき・・・」
をもじったものでした。

お花のとっさの機転は、功を奏しました。

タヌキは、かば焼きのうまそうなにおいとお花の唄声《うたごえ》のせいで、夢うつつになって浮かれ、ふわふわとおどりはじめました。

また、猟師は、かちかち山のような田舎ではまず目にすることのない美女の色香《いろか》と歌声に陶然となり、これまた、われを失っておりました。

タヌキも猟師も、もはや、かたき討ちなどそっちのけのありさまでした。主人の太郎は目を白黒《しろくろ》。

5. ウサギの覚悟

と、その時、通りかかったのが、軽右衛門でした。

軽右衛門は、

「かちかち山に棲む頭の黒いウサギは、恩人ゆえに討てません。どこかほかの場所で、べつの頭の黒いウサギにめぐりあえるように、われをお導きください。」
という願《がん》をかけに、秋葉権現《あきばごんげん》へ向かう途中でした。

料理屋の店先がなにやら騒がしいので、のぞきこんでみますと、タヌキ・猟師と店の主人が、かたきのウサギを出せの出さぬのという押し問答。そこで、さらに聞き耳を立てていて、びっくり。騒動のたねになっているのは、大恩ある例のウサギではありませんか。

軽右衛門は、太郎をかばって立ちはだかりました。

タヌキ「どこのどなたかは存じませんが、これは、あなたさまには関係のないこと。
さっさとそこをおどきなさい。
よけいなじゃまだてはしないほうが、身のためですよ。」

軽「いやいや、そうはいかない。
あなたが、かたきとつけ狙うウサギは、

本来ならば、若君にさしあげる生き肝をとるために、私が仕留めねばならないのです。
ところが、そうはできないわけがあります。
というのも、そのウサギが、母のかたきを討ってくれた大恩人だからです。
そっちこそ、おとなしく手をひいてもらいましょうか。」

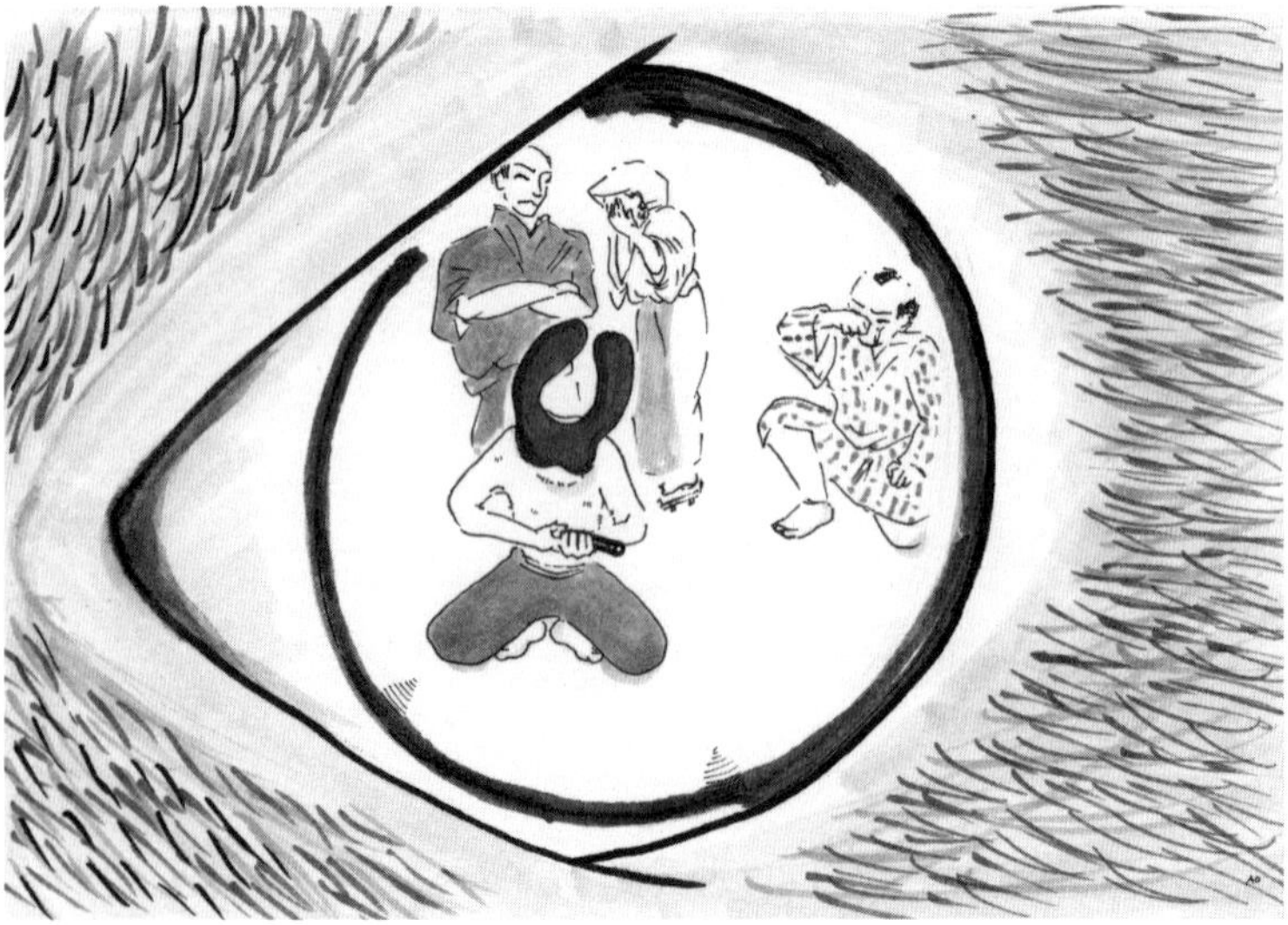

こうして、両者とも、にらみあいをつづけたまま、一歩もひきません。葛西夫婦はかたずをのんで、ことのなりゆきを見守っていました。

そうこうするうち、鰻舟のふたががばっと開いたかと思うと、中からウサギが飛びだし、かたわらにあった鰻割《さ》き庖丁を腹にずぶと突きたてて、切腹しました。


ウサギ「軽右衛門どのがわたしをかばうのも、タヌキどのがわたしを討とうとするのも、いずれも忠孝の道のため。

あちらを立てればこちらが立たずで、このままでは、いっこうに埒《らち》があかぬ。それゆえ、わが身はこのとおり。

さあ、軽右衛門どの、わが生き肝をはやくとりたまえ。

そのうえで、タヌキどの、ぞんぶんに親のかたきをお討ちなされい。」


軽「これはこれは、ウサギどの、はやまったことを・・・。

しかし、その深手《ふかで》では、もはや助かるまい。

不憫《ふびん》ながら、おことばに甘え、生き肝を頂戴《ちょうだい》いたしますぞ。」

タヌキ　「さぁさぁ、ごちゃごちゃいわず、生き肝とやらをとって、ウサギをはようこっちへお渡しあれ。」

軽右衛門が念仏を唱えながらウサギの生き肝をとるやいなや、タヌキがウサギのからだを前へひきずりだして、

「親のかたき、思い知れ！」

と、一刀のもとに胴斬りにしました。

すると、驚いたことに、ウサギの上半身は黒い鳥、下半身は白い鳥に変じて、空のかなたへと飛び去りました。
ウサギをふたつに切ってできた鳥なので、黒いほうを鵜（ウ）といい、白いほうを鷺（サギ）と呼びます。

タヌキ「ウサギは切腹して、軽右衛門と我々双方の役にたった。おまけに、鵜と鷺というふたつの新しい命を得て、生まれ変わった。ウサギを討ち果たしたといっても、これでは、かたきにみすみす手柄《てがら》をたてさせてやったようなものじゃないか。ああ、いまいましい。」

猟師「死んでもすぐに生き返るとは、さてもさても、討ちがいのないかたきだ。」

6. タヌキの裏切り

こうして、タヌキのかたき討ちはなんとか済みましたが、因果の車は、まだめぐりつづけます。

タヌキや猟師に深いうらみをいだく者がいたからです。それは、タヌキの告げ口によって、おおぜいの仲間を猟師に殺された白ギツネでした。

白ギツネはことばたくみに、タヌキに近づきました。

白ギツネ「このたびは、お父上のかたきが討てて、なによりだったねぇ。

ところで、おまえさんに相談があるんだ。

ほかでもない、猟師に殺されたキツネのこどもたちのことだ。

あいつらは、わしの顔を見るたびに、父親のかたきを討ってくれ、あの猟師をやっつけてくれと、泣いて頼んでくる。

そこでだ・・・。

よし、この際だから、思いきって言ってしまおう。

どうだね、あの猟師を裏切る気はないかね？

いやたしかに、おまえさんにとっては、かたき討ちの件で世話になった恩人だろうが、あいつだって、しょせんはカネに目がくらんで、おまえさんを手伝っただけのことだろう。今後、むこうが裏切って、おまえさんをズドンとやらないという保証はない。

だから、こんどは、キツネの子どもたちのかたき討ちのために、おまえさんがひと肌《はだ》脱いでほしいってわけさ。

さあ、この小判はさしあたっての、いわば手付《てつ》けみたいなものだ。遠慮せずに受け取ってくれ。

もちろん、かたき討ちの成就のあかつきには、たんまりとお礼をするからな。」

タヌキ「承知しました。私だって、あの猟師に感謝していないわけではないけれども、これから先ずっと、恩きせがましい口をきかれるのも気分が悪いですから。

ここらで、すっぱり始末してください。

段取りは、こうしましょう。

まず、かたき討ちがうまくいったので祝宴を開く

んだといって、猟師を私の巣穴へ招きます。あなたがたは穴のそこかしこに潜み、私が八畳敷きの金玉袋を猟師に打ちかけるのを合図に、猟師に襲いかかって、仕留めてください。」

タヌキは、このようなおそろしい計画をキツネに伝授すると、もらった小判のかたまりをだいじそうにかかえて、巣穴へもどっていきました。

キツネの術のせいで、木の葉を小判だと思いこんだまま・・・。

7. 巣穴での争闘

酒、それもタダ酒に目がない猟師は、タヌキから祝宴の知らせを聞くや、喜び勇んでやってきました。

タヌキ「宇津兵衛どの、これは、少ないが、過日のお礼に・・・。」

差し出されたものを見ますと、数枚の木の葉。

猟師　「ややっ、こりゃなんだ。木の葉じゃねえか。
ほかのやつならいざしらず、よりにもよって恩人のおれをだまそう
とは、けしからん。」

ところが、キツネの術にかかったままのタヌキの目には、それがちゃんとした
小判に見えるので、

タヌキ　「なにをおっしゃる、宇津兵衛どの。
こりゃぁ、正真正銘の小判ですぞ・・・。
ははん、わかった。
おまえさん、これをニセモノだ、なんだ、といいたてて、
どさくさまぎれに、もっとせしめようという魂胆《こんたん》だろ?」

猟師　「魂胆もなにも、木の葉を見せられたんじゃ、
しゃれにもなりゃぁしない。」

タヌキ　「ええい、もういいや、どっちでも。どうせ、おまえさんの命も、もう終わりだ。ほおれ、これでも喰らいな。」

タヌキが例の八畳敷きを猟師にかぶせかけますと、それまでかくれていた子ギツネたちが、ばらばらとあらわれて、

子ギツネ　「父のかたき、思い知れ。」

「いつの日か、討つべ

え討つべえ（宇津兵衛 宇津兵衛）と思っていたが、今日がまさしくその日だぞ。」

「われらのうらみの太刀《たち》を受けてみよ。」

などと叫びながら、八畳敷きの袋のうえから、かたきの猟師をなんどもなんども刺し貫きました。

タヌキ 「痛い、痛い。袋のうえから刺すやつがあるものか。」

子ギツネ 「だまれ、悪党め。おまえも同罪だ。この猟師といっしょに地獄へ落ちるいい。」

タヌキは、このときはじめて、かの白ギツネにだまされたと気づきましたが、あとの祭りでした。

こうして、猟師とタヌキは、暗い穴の中で、あっけなく討たれてしまったのでした。

8. ウサギとウナギ

さて、その年の夏。

近年まれにみる厳しい暑さと降雨不足のために川は干上がり、ウナギや川魚が深刻な品薄になってしまいました。

おかげで、ウナギ料理が名物の中田屋は、開店休業。

米屋や酒屋への払いも滞《とどこお》る始末で、葛西夫婦は、難渋していました。

そして、今晩夫婦いっしょに首でも吊ろう、というところまで追いつめられたおりもおり。

鵜《う》と鷺《さぎ》がどこからともなく飛んできて、中田屋の店先へ降り立ったかと思うと、

二羽は口中から生きたウナギを、はらりはらりと吐きだしました。

あの小さなからだのどこに入っているのかと思うくらいの、おびただしい量で

した。

お花　「これは夢かしら。ウナギがこんなに・・・。長い間の気のウサギ（ふさぎ）も、おかげで吹き飛びました。」

鵜・鷺　「これを売って、命をウナギ（つなぎ）たまえ。」

そうです。ウサギが、前生の恩義を報じてくれたのでした。

ところで、この鵜がはき出したウナギは、格別の風味がありましたので、やがて夫婦は「へど前かば焼き」

との看板をあげました。

ただ、これでは、食べものの名前にしては、あまりにもきたならしく聞こえるので、これを「江戸前かば焼」とあらためたところ、いままでにもまして繁昌したといいます。

9. 大団円

頭の黒いウサギの生き肝を若君へ差しあげた軽右衛門は、さむらいの身分にとりたてられ、足野重右衛門

と改名して、とんとん拍子に出世していきました。

そして、かちかち山の実家から、老いた父親を呼び寄せて、親子幸せに暮らしました。

なお、重右衛門邸の奥座敷の床の間には、いまでもウサギの置物がだいじに飾られているといいます。

おわり

＊ おわりに ＊

「かわいい」、「愛くるしい」といった形容でしか、語られないウサギ。

しかし、そんな人気者にだって、裏へ回れば、侠気《きょうき》も打算も悩みもあるにちがいない。

そう思いつつ『古事記』、『日本書紀』、『親敵討腹鞁《おやのかたきうてやはらつづみ》』などを読み返してみましたところ・・・案の定でした。

そこには、単なる優等生の枠におさまりきらない、ウサギたちの活躍ぶりが、いきいきと描かれていたのです。むかしの人々の動物観がいかに柔軟であったかを思い知らされ、あらためて頭の下がる想いでした。

本書は、そうした物語に、多少の潤色を加えて、一冊にまとめ上げたものです。ここに登場する仲間たちの言動を知ったら、動物園やペットショップのケージの中でおとなしくうずくまっているだけのウサギたちは、きっと目をまるくすることでしょう（いや、どのみち最初から、彼らの目はまるいのでしたね）。

『イノシシは転ばない』『大山鳴動してネズミ100匹』『悟りの牛の見つけかた』『虎の目にも涙』と書きつづってきた十二支シリーズも、おかげさまをもちまして、本書で5冊目となりました。出版をめぐる環境が厳しさを増す中で、本書の刊行を決断してくださった技報堂出版株式会社さん、洒脱な絵を描いてくださった髙城青さん、そして変わらぬご支援をお寄せくださる読者のみなさんに、あつくお礼申しあげます。

平成22（2010）年11月　上方文化評論家　福井栄一　拝

著者紹介：

福井 栄一（ふくい　えいいち）

上方文化評論家。大阪府吹田市出身。京都大学法学部卒。京都大学大学院法学研究科修了。世界初の「上方文化評論家」として著書『上方学』（PHP 文庫）を刊行し、「上方学」を創始。上方舞を中心とする上方の芸能・歴史に関する評論を手がけ、各地で上方文化に関する講演やテレビ・ラジオ出演などを精力的におこない、その独特の「福井節」が人気を博す。さらに、上方文化の新しい語り部、上方ルネサンスの仕掛人として注目を集めている。剣道 2 段。ヒトと動物の関係学会会員。朝日 21 関西スクエア会員。

http://www7a.biglobe.ne.jp/~getsuei99/

主な著書

『子どもが夢中になる「ことわざ」のお話』　PHP 研究所（2010.7）
『虎の目にも涙 ～ 44 人の虎ばなし』　技報堂出版（2009.11）
『古典とあそぼう（全 3 巻）』　子どもの未来社（2009.3）
『悟りの牛の見つけかた ～十牛図にみる関東と関西』　技報堂出版（2008.12）
『おもしろ日本古典ばなし 115』　子どもの未来社（2008.2）
『大山鳴動してネズミ 100 匹 ～要チュー意動物の博物誌』　技報堂出版（2007.12）
『にんげん百物語 ～誰も知らないからだの不思議』　技報堂出版（2007.9）
『イノシシは転ばない ～「猪突猛進」の文化史』　技報堂出版（2006.12）
『大阪人の「うまいこと言う」技術』　PHP 新書（2005.08）
『鬼・雷神・陰陽師 ～古典芸能でよみとく闇の世界』　PHP 新書（2004.04）
『上方学 ～知ってはりますか、上方の歴史とパワー』　PHP 文庫（2003.01）

など、執筆多数。

かわいいだけがウサギじゃない
〜むかしばなしのウサギたち

定価はカバーに表示してあります。

2010年11月30日　1版1刷発行　ISBN978-4-7655-4243-2 C0039

著　者　福　井　栄　一
発行者　長　滋　彦
発行所　技報堂出版株式会社
〒101-0051　東京都千代田区神田神保町1-2-5
電　話　営　業（03）（5217）0885
　　　　編　集（03）（5217）0881
　　　　F A X（03）（5217）0886
振替口座　00140-4-10
http://gihodobooks.jp/

日本書籍出版協会会員
自然科学書協会会員
工学書協会会員
土木・建築書協会会員

Printed in Japan

装幀・組版：パーレン　イラスト：高城 青
印刷・製本：愛甲社